LA RUE

ET LE

CHATEAU HAUTEFEUILLE

A PARIS

PAR

M. Jules QUICHERAT

Membre résidant de la Société nationale
des Antiquaires de France.

Extrait des *Mémoires de la Société nationale des Antiquaires
de France*, tome XLII.

PARIS

1882

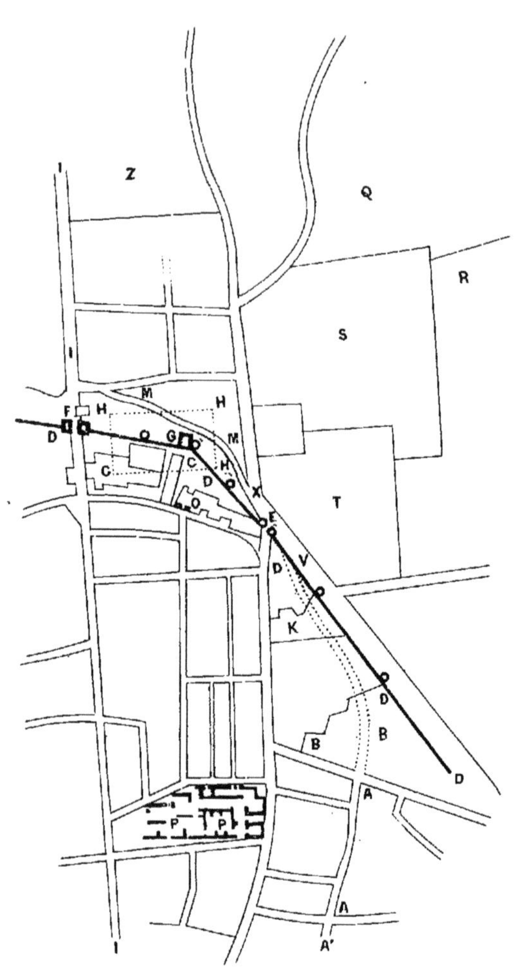

LÉGENDE

A'	Rue de la Barre.
AA.	Rue Hautefeuille.
BB.	Couvent des Cordeliers.
CC.	Couvent des Jacobins.
DDDD.	Enceinte de Philippe-Auguste.
E.	Porte Saint-Michel.
F.	Porte Saint-Jacques.
G.	Tour ou Parloir aux Bourgeois.
HHH.	Camp romain, Château Hautefeuille.
III.	Voie romaine, Rue Saint-Jacques.
K.	Hôtel d'Auxerre.
MM.	Rue Saint-Hyacinthe.
O.	Voûte Saint-Quentin.
PP.	Palais des Thermes
Q.	Fief de Vauvert (les Chartreux).
R.	Vignes.
S.	Clos aux Bourgeois.
T.	Clos de la Confrérie aux Bourgeois.
V.	Rue des Francs-Bourgeois.
X.	L'Orme le Roi.
Z.	Le Clos le Roi

LA RUE ET LE CHÂTEAU HAUTEFEUILLE.

LA RUE

ET

LE CHATEAU HAUTEFEUILLE

A PARIS

Jaillot, l'auteur classique pour la topographie parisienne, dit dans sa description du quartier Saint-André-des-Arts, à propos de la rue Haute-feuille :

« Il y auroit plus que de la simplicité à tirer l'étymologie du nom de cette rue du château de Hautefeuille, qu'on prétend avoir appartenu à un petit-neveu de Charlemagne, moins connu dans l'histoire que dans les romans[1]. »

Et plus loin, pour mettre quelque chose à la place de l'opinion qu'il vient de combattre, il ajoute :

« A l'égard de l'étymologie du nom de Haute-feuille, je conjecture qu'il pourroit venir des arbres hauts et touffus dont cette rue ou chemin

1. *Recherches sur Paris*, t. V, Quartier Saint-André, p. 85.

pouvoit être bordée ; et je me fonde sur ce que, dans les premiers statuts ou règlements faits pour les Cordeliers, on défend aux religieux de jouer à la paume sous la haute feuillée. »

Je vois dans chacune de ces assertions une erreur qu'il me semble utile de redresser, non pas tant pour l'importance de la chose en elle-même, qu'à cause des aperçus que la discussion ouvrira incidemment sur une période inconnue de l'histoire de Paris.

Arrêtons-nous d'abord à la conjecture proposée quant à l'origine du nom de Hautefeuille.

Un document très ancien, puisque c'étaient les premiers statuts du grand couvent des Cordeliers, aurait établi, nous dit Jaillot, l'existence d'un lieu planté de grands arbres, à proximité du monastère, qui s'appelait « la Haute-Feuillée ». Assurément, si le fait était prouvé, il serait difficile de n'en pas reconnaître la valeur. Mais quels sont ces premiers statuts du grand couvent des Cordeliers? L'auteur de l'Histoire générale des Frères Mineurs, si bien informé de tout ce qui concernait leur maison de Paris, atteste que là, non plus que dans les autres couvents de France, il n'y eut de règlements particuliers qu'à partir de 1502, époque où ils furent réformés par le général de l'ordre, appelé Gilles Delphin[1]. Un manuscrit, postérieur d'une

----

1. Wadding, *Annales minorum*, t. II, p. 383 ; et aussi Du Breul, *Théâtre des antiquitez de Paris*, p. 519.

trentaine d'années à cette réforme, nous a conservé un corps de dispositions rédigées d'après les préceptes de ce Gilles Delphin[1]. Elles concernent surtout la discipline à laquelle devaient être soumis les étudiants de l'ordre qui venaient chercher leur instruction dans la maison de Paris. Or, le seul article de ce manuscrit où il soit question du jeu de paume est une menace de punition aux jeunes religieux qui se livreraient à ce divertissement sous les yeux des séculiers[2]. De la *Haute-Feuillée* il n'est pas dit un mot, et l'on n'en trouve pas davantage la mention dans les anciens contrats concernant les terrains qui touchaient aux Cordeliers. On trouve au contraire, sur le plan de Paris par Gomboust, et encore sur celui de Jean Boisseau, l'indication d'un jeu de *longue-paume* établi, non pas sous l'ombrage, mais à découvert, dans la partie du fossé de la ville qui longeait le couvent (aujourd'hui la rue Monsieur-le-Prince). De tout cela on a le droit de conclure, ce me semble, que Jaillot n'a allégué les statuts du grand couvent que sur la foi d'un on-dit mal

---

1. Archives nationales, LL 1508. Manuscrit sur parchemin, exécuté après que le règlement eut reçu l'approbation d'un autre général de l'ordre en 1533.

2. « Si quis vero contra prefata deliquerit, pro prima vice privetur vino et pitantia, pro secunda expellatur irremittibiliter a conventu ; prius tamen per tres dies carceretur. Et simili pena punietur qui luserit ad pillam coram secularibus. » *Cap.* 12.

fondé, qui probablement avait cours de son temps parmi les religieux de la maison.

D'autre part, rien n'est plus faux que le rapprochement étymologique établi entre le nom de Hautefeuille et la feuille ou feuillage des arbres.

Notre vocabulaire topographique renferme un nombre considérable de noms dans lesquels se trouve un radical de la forme latine *folium*, qui a fléchi en *feil*, *fueil*, *feuille*, mais qui, pour avoir été identique pour la prononciation et pour l'orthographe avec *folium*, feuille, n'en était pas synonyme. Je suis tout à fait porté à croire que c'est du même radical, accentué différemment, qu'est sorti, par une autre équivoque, le nom de tant de lieux appelés *folie*.

Cette dernière forme serait, selon moi, celle qui a prévalu pour le mot employé au simple, tandis qu'en composition c'est l'autre forme, celle qui résultait de l'accent tonique porté sur la première syllabe, qui a été de règle.

Voici un certain nombre de ces composés pris dans toutes les régions de la France :

Aigrefeuille (Loire-Inférieure ; Charente-Inférieure ; Haute-Garonne[1]).

Arfeuille, Arfeuilles, Arpheuille, Arpheuilles (Creuse ; Allier ; Cher ; Indre).

---

1. Il faut ajouter les deux propriétés de ce nom, situées dans le comté de Carcassonne, dont Charles le Chauve fit don à Oliba en 870 : « Agrifolium vero et alterum Agrifolium, hoc quod ad nostrum filium pertinebat. » Vaissete, t. I, p. 122.

Cherchefeuille[1], lieu-dit de la commune de Vitry (Seine).

Fueil-Sauvain, écrit et prononcé depuis le XVIe siècle *Fief-Sauvain*[2] (Maine-et-Loire), emplacement d'une station romaine que quelques-uns croient être *Segora*.

Glanfeuil, *Glannafolium*, nom primitif de Saint-Maur sur Loire (Maine-et-Loire).

Grandfuel, déterminatif d'une paroisse de Saint-Sauveur en Rouergue, mentionnée dans le cartulaire de Saint-Victor de Marseille[3].

Greffeil, Greffeuille, Greffulhc (Aude ; Gard). Cette dénomination n'est pas autre chose que celle d'Aigrefeuille réduite par aphérèse, s'il est permis de généraliser le cas de Greffulhe, aujourd'hui simple ferme de la commune de Roquedur, qui figure comme *villa* avec le nom *Agrifolio* dans le cartulaire de la cathédrale de Nîmes, en 957[4].

Orfeuil, Camp-d'Orfeuil, Orfeuill, hameaux ou lieux-dits des communes de Desaignes (Ardèche),

---

1. *Bulletin de la Société des Ant. de France*, 1861, p. 129.

2. Port, *Dictionnaire historique, géographique et biographique de Maine-et-Loire*, t. II, p. 148. La forme latine constatée par des actes du commencement du XIIe siècle est double : *Failum* et *Failliacum* : ce qui indique l'incertitude des notaires ayant à donner une forme latine à un nom français. Le déterminatif *Sauvain* a été traduit plus tard par *Silvani*.

3. Tome II, p. 119 : « Cella Sancti Salvatoris ad Grandefolium. » *Anno* 1079.

4. Germer-Durand, *Dictionnaire topographique du département du Gard*, p. 123.

Semide (Ardennes), Ranville (Charente), Saint-Loup sur Thouet (Deux-Sèvres)[1].

Roquefeuil, Roquefeuille (Aude ; Gard ; Bouches-du-Rhône, Var). Les Roquefeuille du Gard (ils sont deux) sont un hameau de la commune de Mialet, et un château ruiné près d'Arrigas[2].

Tournefeuil (Haute-Garonne).

Verfeil, Verfeuil (Haute-Garonne ; Tarn-et-Garonne ; Gard).

Il faut ajouter à ces composés celui de Hautefeuille, qui m'a entraîné dans cette digression. Il existe dans bien d'autres endroits qu'à Paris. Je le trouve avec la forme masculine Hautefeuil près de Rozoy (Seine-et-Marne), tandis qu'il s'écrit au féminin dans la Nièvre, dans l'Yonne où il y a deux localités de ce nom, dont l'une fut érigée en comté par Louis XIV[3], dans le Puy-de-Dôme dont le Hautefeuille fut l'un des principaux fiefs de la maison de La Fayette[4].

Étant admise l'assimilation de *folie* et de *feuille* que j'ai proposée d'abord, les *Haute-Folie* qui abondent en France et en Belgique[5] formeraient

1. Probablement il faut rattacher au même groupe *Orfollingus villa* dans le Toulousain, domaine vendu à l'abbaye de Moissac en 680 (Pardessus, *Diplomata, chartæ*, tome II, p. 184).

2. Germer-Durand, *Dictionn. topogr. du dép. du Gard*.

3. Expilly, *Dictionnaire géographique*, v° *Hautefeuille*.

4. P. Anselme, *Histoire généalogique de la maison de France*, t. VII, p. 58.

5. Meerts, *Dictionnaire géographique et statistique du royaume de Belgique*.

une branche de la famille des lieux-dits Hautefeuille.

Dans les chansons de geste du cycle carolingien,
Hautefeuille est un fief et en même temps le cri
de guerre de la famille du sinistre Ganelon[1]. Ce
traître était réputé fils de Grifon d'Hautefeuille.
Après Grifon le titre passa à Thibaud, après Thibaud à Guyon.

Ce serait perdre son temps que de chercher sur
la carte ce Hautefeuille qui n'a pas existé ailleurs
que dans l'imagination des trouvères. Il fut loi-
sible de placer le château partout où le nom existait, et la tradition ne s'en est pas fait faute,
quoique la position eût été précisée par l'auteur
du Gaufrey. Il est dit dans ce roman que Hautefeuille occupait le sommet d'une montagne d'où
l'on voyait en plein la ville de Troyes[2]. Grifon
obtint de l'empereur Charles la concession de cette
montagne en même temps que l'office de maré-
chal de Champagne. Alors la cime du mont était
tout à fait nue. Grifon s'empressa d'y faire construire un château formidable auquel travaillèrent
pendant trois ans et demi quinze cents ouvriers
maçons qui avaient été embauchés à Paris. L'ouvrage fut en pierre de taille amenée de Châlons.

---

1. *Histoire littéraire de France*, t. XXII, p. 431, et la suite
qui est l'analyse du roman de Gaydon par Paulin Paris.

2. Guessard et Chabaille, *Gaufrey, chanson de geste*, publiée
pour la première fois d'après le ms. unique de Montpellier,
p. 146.

Le nom de Hautefeuille sembla au fondateur le seul qui fût digne d'une telle forteresse[1].

Voilà qui démontre assez que dans l'esprit des trouvères, même de l'époque la plus avancée (le roman de Gaufrey est du XIIIe siècle), l'idée de feuillage ou d'ombrage ne s'attachait pas encore au nom de Hautefeuille. Il n'en faudrait pas davantage pour se dispenser de chercher dans cette dénomination une réminiscence de l'époque où la plupart des châteaux féodaux avaient pour toute clôture des terre-pleins surmontés de haies vives ou d'arbrisseaux entrelacés. Mais cet argument est inutile puisqu'on a vu plus haut des exemples de la même classe de vocables dans des textes antérieurs à l'époque féodale.

Comme il est légitime de demander aux idiomes celtiques l'étymologie des mots français qui ne viennent ni du latin ni du germanique, en se mettant en quête de ce côté on trouve que le gaélique possède un substantif *foil*[2], lequel s'adapte parfaitement au *feuil* ou *feuille* de nos noms de lieux.

Foil signifie un réduit, un repaire, et particulièrement un repaire propre à monter de mauvais coups : ce que d'un seul mot le français moderne appelle une *embuscade*. Des accidents naturels, des vestiges d'anciens terrassements, des ruines

---

1. *Gaufrey, chanson de geste*, p. 156 à 159.
2. Owen.

d'édifices ont motivé cette dénomination à laquelle s'ajoutent d'ordinaire, pour les lieux où elle a été appliquée, des récits d'apparitions ou d'aventures sinistres. Les lieux appelés *folie* sont à cet égard dans le même cas que ceux dont le nom contient le radical *feuille*, et c'est ce qui m'a conduit à établir la communauté d'origine des deux groupes.

Folium ou *Folia*, dans le sens qui vient d'être indiqué, fut corrélatif d'un autre mot du latin populaire qui passa dans les langues romanes : c'est *gannum*. Il signifia successivemeut dérision et déception. Il s'est conservé en composition dans l'espagnol et dans l'italien. Depuis qu'on écrit le français nous ne le trouvons plus dans notre langue employé autrement qu'au simple et seulement comme nom de lieu : Ganne, les Gannes, tour de Ganne, château de Ganne[1]. Cette dénomination impliquait l'idée de piège, de surprises dans le genre de celles que les ingénieurs du

1. Tour de Ganne est le nom populaire des donjons de Montlhéry, de Montjay, de Montmirail et de la Queue-en-Brie. L'abbé Lebeuf a remarqué qu'il y avait eu une tour de Ganne à Brunoy, et une autre entre Compiègne et Soissons (*Histoire du diocèse de Paris,* XIII, 340). M. Raynal (*Histoire de Berri,* t. I, p. 110) signale des ruines près de Léré qu'on appelle *Cité de Gannes;* à l'occasion de quoi il rappelle que la même dénomination est appliquée dans le roman de Lancelot du Lac à la capitale du roi Claudas. *Ville de Gannes* désigne un lieu-dit sur les confins du Berri et de l'Orléanais au confluent du ruisseau de Châtillon, où abondent les ruines romaines (*Mémoires de la Société des Antiquaires de France,* t. V, 2ᵉ série, p. 212).

XIe et du XIIe siècle s'évertuèrent à multiplier dans la fortification des châteaux. *Ganne*, à ce point de vue, fut l'accessoire du principal auquel répondait le terme *foil*. Je ne crois pas tomber dans la témérité en conjecturant que l'homophonie de *ganne* et de la première syllabe du nom germanique francisé *Ganelon* fut ce qui détermina l'appellation du traître par excellence des chansons de geste; d'autant plus que dans les scènes où figure ce personnage, nous le voyons nommé Gannes ou Guennes aussi souvent que Ganelon. Après cela l'on saisit sans peine par quelle association d'idées Ganelon fut réputé natif d'un château de Hautefeuille, et l'on comprend également pourquoi dans les lieux-dits Hautefeuille s'implanta plutôt qu'ailleurs la légende de Ganelon.

Arrivons au château de Hautefeuille à Paris.

Jusqu'à présent on n'en a trouvé la mention dans aucun texte antérieur à la chronique de Jean de Venette, le continuateur de Guillaume de Nangis. Cet auteur raconte que dans le cours des travaux qui furent exécutés pour mettre Paris en état de défense pendant la captivité du roi Jean, on découvrit au pied du mur de ville, entre la porte Saint-Michel et la porte Saint-Jacques, des substructions considérables que l'on n'eut pas de peine à reconnaître pour celles d'une ancienne fortification. Les murs étaient d'une épaisseur prodigieuse et armés de redents qui furent pris pour une garniture de tours. Il n'y eut qu'une

opinion au sujet de ces ruines. Tout le monde s'accorda à y voir les restes d'un ancien palais ou château appelé Hautefeuille, dont il était question dans des chansons de geste encore existantes :
Et, ut fertur, olim ibi fuerat palatium sive castrum quod ab antiquis in gestis quæ nunc adhuc habentur Altum folium vocabatur[1].

Voilà, je le répète, le témoignage le plus ancien qui nous reste d'un château de Hautefeuille à Paris, bien qu'une assertion de Félibien donnerait à penser que ce manoir était encore debout au commencement du XIIIe siècle et qu'il fut donné aux Dominicains, lors de leur établissement dans la rue Saint-Jacques, par un seigneur de la lignée de Ganelon[2]. Mais vérification faite de la source invoquée par Félibien, qui est une notice apologétique des religieux illustres du couvent de la rue Saint-Jacques composée par le dominicain Antoine Mallet[3], on se trouve en face d'une fausse tradition d'origine toute récente, où il n'est pas difficile de discerner, comme éléments principaux, une bévue commise au sujet du Grifon d'Hautefeuille des romans qu'on a pris pour un personnage réel du temps de Philippe-Auguste, et un

---

1. Géraud, *Chronique de Guillaume de Nangis*, t. II.
2. *Histoire de Paris*, t. I, p. 261.
3. *Histoire des saincts papes, cardinaux, patriarches, archevesques, évesques, docteurs de toutes les facultez de l'Université de Paris, et autres hommes illustres qui furent supérieurs ou religieux du couvent Saint-Jacques de l'ordre des Frères Prescheurs à Paris*, 1634.

contresens de Belleforest qui, en s'appropriant le passage de Jean de Venette rapporté ci-dessus, avait traduit par *pancarte* le mot *gesta* qui veut certainement dire chanson de geste[1].

Les titres de propriété du grand couvent de la rue Saint-Jacques nous sont parvenus au complet. Ils sont aujourd'hui ce qu'ils étaient du temps d'Antoine Mallet. Aucun ne contient la donation ni seulement une mention quelconque du château de Hautefeuille. Les chartes connues des autres établissements du quartier sont dans le même cas, si bien qu'il est de toute vraisemblance que, l'édifice ayant depuis longtemps disparu, le nom lui-même n'avait plus d'application territoriale au XIIIᵉ siècle. Mais il survivait dans la tradition. On parlait de ce terrible château que personne n'avait jamais vu. L'unanimité des Parisiens à juger que les ruines découvertes en 1358 étaient les siennes démontrerait à elle seule la persistance du souvenir. J'en vois une autre preuve non moins décisive dans la dénomination de la rue Hautefeuille, constatée dès 1252. Ici, par conséquent, je diffère encore d'opinion avec Jaillot. Non seulement je pense, contrairement à ce critique, que la rue a tiré son nom du château, mais encore je vois jour à établir sans beaucoup de difficulté qu'il fut un temps où la rue conduisait à l'emplacement du château.

1. Annales, l. V, ch. 14.

La raison donnée par Jaillot pour rejeter l'origine commune des deux noms est que la rue est trop éloignée du point où se montrèrent les ruines, la distance entre les deux étant au moins de 180 toises. Cent quatre-vingts toises équivalent à 350^m82. L'écart est-il si grand qu'on ne puisse admettre que le nom ait sauté par dessus? Il y a bien davantage entre la montagne de Montmartre et la rue qui en porte le nom.

Mais la difficulté fût-elle insurmontable, comme le veut Jaillot, il reste à se demander de quel endroit il a pris sa mesure de 180 toises? Or, le compas à la main, on trouve que c'est de la rue de l'École de Médecine, c'est-à-dire du point où la rue Hautefeuille se terminait de son temps et où elle se termine encore aujourd'hui. Cependant il est avéré qu'avant la fondation des Cordeliers, cette rue allait plus loin. Jaillot lui-même le reconnaît. Il confesse qu'à la fin du siècle dernier on pouvait suivre encore la direction de la rue Hautefeuille dans le jardin du couvent. Il ajoute même qu'elle s'était prolongée jusqu'au mur de ville, et la preuve très pertinente qu'il en donne est une charte de Saint-Germain-des-Prés, du mois d'avril 1288, portant l'indication *in vico de Hautfolia prope domum episcopi Autissiodorensis*[1]. Comme l'hôtel de l'évêque d'Auxerre, situé tout en haut de la rue de la Harpe, longeait par ses

____

1. T. V, *Quartier Saint-André-des-Arts,* p. 87.

derrières l'enceinte de Philippe-Auguste à peu près à l'alignement des maisons neuves par lesquelles se termine à présent la rue Monsieur-le-Prince, il est clair que la rue Hautefeuille, pour arriver à proximité de cet hôtel, se détournait à gauche, à la montée du coteau, et qu'elle atteignait le mur de fortification tout près de la porte Saint-Michel.

En prenant sa mesure de là, Jaillot n'aurait plus trouvé entre la rue et l'emplacement des ruines d'Hautefeuille que la distance de 100 mètres; mais surtout il aurait été amené à réfléchir que cette rue qui venait échouer contre le mur devait s'être prolongée au dehors avant la construction de l'enceinte, et ce prolongement, rétabli d'après la direction du tronçon voisin de l'hôtel d'Auxerre, l'aurait amené tout droit sur l'emplacement du château de Hautefeuille.

Il s'ensuit qu'en concluant comme il a fait, Jaillot a fermé les yeux à l'évidence des témoignages qu'il produisait lui-même : inadvertance qu'il faut attribuer à ce qu'il s'est laissé guider par le jugement de Sauval plutôt que d'user du sien. La thèse qu'il a développée se trouve en effet dans le premier volume de l'*Histoire et antiquitez de Paris* sous forme d'une simple proposition que l'auteur promettait de démontrer plus tard[1]. La démonstration n'est pas venue, ou plutôt Sauval

1. *Histoire et recherches des antiquitez de la ville de Paris,* t. I, p. 141.

l'a faite à côté, en se bornant, lorsqu'il a reparlé de la rue Hautefeuille, à reléguer au rang des fables tout ce qu'on racontait de Ganelon[1]. Cependant il ne s'agissait pas de juger la valeur historique des récits où fut mêlé le nom de Hautefeuille. La question était de savoir si la dénomination d'une des rues de Paris avait été motivée oui ou non par l'un de ces récits localisés dans le voisinage de la même rue. Je crois en avoir dit assez sur ce point pour que les plus circonspects se prononcent dans le sens de l'affirmative.

Mais ce n'est pas assez d'avoir acquis la certitude que la rue Hautefeuille doit son nom au lieu où elle aboutissait dans l'origine. On voudra savoir ce qu'il faut penser de ce château de Hautefeuille pour lequel la critique moderne s'est montrée si dédaigneuse.

A cet égard les renseignements abondent au point de ne pas laisser la moindre place au doute.

D'abord la suite du récit de Jean de Venette, dont je n'ai cité qu'une partie tout à l'heure, nous éclaire sur l'époque à laquelle appartenaient les constructions déterrées en 1358. Elles étaient maçonnées si fortement qu'on ne parvint pas à les désagréger. Pour les démolir il fallut les casser à l'aide de coins et de maillets de fer qui n'en venaient à bout qu'à grand'peine : circonstance

----

1. *Hist. et rech. des antiq. de la ville de Paris*, t. II, p. 234.

que le chroniqueur explique par la raison qu'on avait affaire à « un ouvrage des Sarrasins ». C'est l'expression dont il se sert[1]. Or nous savons que dans la langue du moyen âge *œuvre aux sarrasins*, *murs sarrasinois*, voulaient dire les maçonneries romaines parementées de petit appareil et liées avec ce mortier si tenace dont on avait alors perdu le secret. On était donc tombé sur les fondements d'un édifice romain.

Si l'on songe que le travail qui amena la découverte consistait à creuser un fossé de près de vingt mètres de large sur huit de profondeur, on aura une idée de l'importance de ces ruines, encore qu'elles n'apparurent que sur un point. Elles s'avançaient jusqu'au milieu de la tranchée, derrière la maison conventuelle des Jacobins. On n'en détruisit que ce qu'il fallait pour la régularité du terrassement, et comme la démolition s'arrêta au talus du fossé, il resta là un témoignage que le massif se prolongeait sous le sol. Un accident ne tarda point à en mettre à découvert une autre portion.

L'automne de 1365, extrêmement pluvieux, causa deux éboulements successifs. Sur une longueur de cinquante toises (97^{m}45), une masse de terre cubant plus de 200 mètres descendit au fond du fossé. Il fallut procéder au déblai, et ensuite rélargir ce même fossé sur toute l'étendue

---

1. « Ut vix a quibuscumque malleis vel etiam instrumentis ferreis posset dictum opus, ut pote Sarracenicum, destrui aliquatenus vel dissolvi ». Edit. Géraud, t. II, p. 258.

du front où l'accident s'était produit. Le détail de
ces deux opérations nous est connu par le compte
de la dépense qu'elles occasionnèrent. M. Léopold
Delisle a heureusement retrouvé, sous la couver-
ture d'un manuscrit de la Bibliothèque nationale[1],
et M. Robert de Lasteyrie a réédité depuis[2], ce
document qui avait été connu de Sauval. Il y est
spécifié qu'une partie considérable des « forts
murs aux Sarrasins » se montra encore dans le
cours de ces travaux, et demanda pour être
démolie autant de peine que l'autre partie ren-
contrée sept ans auparavant.

Voilà donc bien constatée l'existence d'un gros
ouvrage de fortification romaine, qui s'était étendu
au haut de la côte méridionale de Lutèce, sur le
parcours que suivit plus tard le mur de Philippe-
Auguste entre les portes Saint-Jacques et Saint-
Michel. Il n'en faut pas davantage pour placer là
le quartier fortifié ou camp permanent (*castra
stativa*, suivant l'expression d'Ammien Marcellin[3])
si célèbre dans l'histoire par le mouvement militaire qui éleva Julien à la dignité d'Auguste en 360.
Le prince habitait en ce moment le palais des
Thermes, et le camp en était voisin, si voisin que
Zozime, à qui nous devons le récit le plus détaillé

1. *Bulletin de la Société des Antiquaires de France*, année 1867,
p. 176.

2. *Mémoires de la Société de l'histoire de Paris et de l'Ile-
de-France*, t. IV, p. 270.

3. Lib. XX, cap. 9.

de l'événement, dépeint les soldats qui étaient occupés à banqueter, se précipitant vers le palais, la plupart le gobelet à la main, comme si leur festin ne devait éprouver qu'une courte interruption[1]. Le château de Hautefeuille répond ainsi à la condition de proximité. Il répond de plus à une autre qui n'est pas exprimée dans les auteurs, mais qui résulte de la destination des *castra stativa*. Ces postes avaient pour objet non seulement de tenir des troupes en sûreté, mais aussi de défendre l'accès des villes. Or le château de Hautefeuille, par sa position, couvrait la grande voie méridionale de Lutèce, qui est aujourd'hui la rue Saint-Jacques.

Cependant une opinion différente s'est accréditée au sujet du camp romain de Paris. Au dire de tous nos auteurs modernes, Dulaure en tête, il aurait occupé la partie du jardin du Luxembourg que longe aujourd'hui le boulevard Saint-Michel. La raison qu'on en donne est que de nombreuses antiquités romaines furent trouvées en cet endroit au commencement du siècle.

Effectivement, en 1801, lors de l'affectation du Luxembourg au Sénat, des travaux de démolition et de nivellement exécutés du côté de la rue d'Enfer mirent à découvert des restes de maçonnerie, des pavements de mosaïque, des ustensiles, des bijoux, des monnaies consulaires et impériales,

---

1. Dans D. Bouquet, t. I, p. 581.

enfin tout ce qui était de nature à prouver que le lieu avait été habité à l'époque romaine. Grivaud de la Vincelle, présent à ces découvertes dont il fit plus tard le sujet d'un curieux mémoire[1], ne sut pas résister à la tentation où succombent la plupart des archéologues : celle de rattacher les objets qu'on voit sortir de terre à des monuments ou à des faits connus par les textes. Quoiqu'il n'eût rien recueilli ni observé qui se rapportât à un établissement militaire, le terrain fouillé au Luxembourg ne laissa pas d'être à ses yeux l'emplacement du camp mentionné par Ammien Marcellin. Il le dit, et tout le monde le répéta après lui.

Mais c'est là une erreur, et une erreur d'autant plus manifeste que les véritables vestiges du camp fortifié, sans parler de l'apparition qu'ils firent au XIVe siècle, se sont montrés à plusieurs reprises dans ces dernières années.

En 1849, lorsque l'on commença à bâtir devant le Panthéon la rue si désirée dont Soufflot avait laissé le projet[2], des fouilles profondes, exécutées

---

1. *Antiquités gauloises et romaines recueillies dans les jardins du Luxembourg en l'an IX.* In-4°, 1807.

2. Gravé avec le titre : *Plan général de l'église Sainte-Geneviève et de la rue au devant suivant le dernier projet présenté au roy par M. le marquis de Marigny, approuvé par S. M. le 2 mars 1757, et dessiné par J.-G. Soufflot.* Les démolitions pour le percement avaient été commencées en 1847. Elles formaient en 1848 un champ de ruines où l'on se battit dans les journées de juin.

sur la plus grande partie du terrain occupé autrefois par le couvent des Jacobins, mirent à découvert la fondation de la muraille de Philippe-Auguste,
et plus bas les témoins nombreux d'autres fondations qui avaient été celles de la fortification romaine. Ces derniers débris dessinaient la figure d'un
vaste quadrilatère traversé en écharpe par le mur
de ville. M. Albert Lenoir signala le fait au Comité
des travaux historiques en émettant la conjecture
que ces ruines pourraient bien être celles du camp
permanent de Lutèce[1]. Personne ne fut frappé de
l'importance de sa communication, et l'opinion
resta ce qu'elle était auparavant.

Les Parisiens attentifs aux travaux de la ville
savent qu'on s'y est repris à trois fois pour faire
la rue Soufflot telle qu'on la voit aujourd'hui.
Après quinze ans d'existence, elle fut trouvée trop
étroite et d'une pente trop rapide. On en démolit
les maisons en 1865 dans toute sa partie qui avoisi-
nait le Luxembourg, afin de la mettre en harmonie
avec la rue Gay-Lussac et le boulevard Saint-Michel
qu'on était en train de percer. Quant à l'autre
partie, les événements en retardèrent l'exécution.
Ce qui restait de l'ouvrage de 1849 ne fut transformé qu'en 1877.

Des remuements de terre prodigieux signalèrent
ces deux campagnes de travaux et firent encore
apparaître des restes de la grosse muraille romaine.

---

1. Rapport imprimé dans le *Bulletin des Comités* pour les
années 1852 et 1853, t. I, p. 413.

C'est surtout en 1865 qu'il fut donné de reconnaître le caractère et la destination du monument. La substruction presque complète du front occidental fut trouvée sous les maisons de l'ancienne place Saint-Michel et de la rue d'Enfer. Elle s'étendait à peu près dans la direction qui était donnée au nouveau boulevard. Le fragment le plus considérable était dans le sol où fut fondée la maison n° 63, qui fait le coin du même boulevard et de la rue Soufflot. Je l'ai vu plusieurs fois pendant qu'on le démolissait ; car il fallut bien des journées pour en avoir raison. La coupe représentait un mur d'un peu plus de trois mètres d'épaisseur, évidé à 60 centimètres de son parement intérieur d'un couloir ou canal de 75 centimètres, que les uns jugèrent avoir été un conduit d'eau, les autres un chemin couvert. M. Albert Lenoir avait déjà signalé cette circonstance[1] ; elle fut observée de nouveau par M. Vacquer, inspecteur des travaux de la ville, qui assista aux fouilles de 1865 et de 1877.

Il est bon de dire qu'à l'aide de ses relevés sur le terrain, M. Vacquer a restitué le plan tant du quadrilatère que de diverses autres constructions plus légères qui paraissaient en avoir été des dépendances. Le dessin sur grande échelle est exposé dans la salle des Antiques du Musée Carnavalet ; mais, sans l'avoir sous les yeux, rien

---

1. *Bulletin des Comités*, l. c.

n'est plus facile que de se figurer l'objet principal qu'il représente, puisque c'est tout simplement une enceinte en carré long et fermée de gros murs à mettre à la place de la rue Soufflot et des îlots de maisons qui la bordent. D'ailleurs, pour l'intelligence des faits énoncés dans le présent mémoire, j'ai reproduit un fragment du plan de restitution de M. H. Legrand [1] où le quadrilatère est indiqué à sa place par un tracé sommaire en lignes pointées. Voyez le plan ci-contre.

Ayant tant fait que de rendre à la réalité un édifice dont l'existence était placée au rang des fables, je dirai tout ce que la réflexion m'a suggéré au sujet de son origine et de sa destruction.

Il est avéré aujourd'hui que jusqu'à la première dislocation de l'empire romain, au déclin du IIIe siècle, il n'y eut de camps à demeure qu'aux frontières. C'est par les restaurateurs de l'unité romaine, notamment par Aurélien, que ces camps commencèrent à être établis dans l'intérieur des provinces. Pendant tout le IVe siècle on ne cessa pas d'en construire, de sorte qu'il y en eut tant, qu'on manqua de troupes pour les occuper. Alors ils n'eurent plus d'autre emploi que de servir de refuges aux populations contre les invasions des barbares ; puis, lorsque les invasions eurent cessé, ils devinrent pour la plupart des carrières où l'on

1. *Paris en* 1380, parmi les publications de l'*Histoire générale de Paris.*

allait chercher de la pierre à bâtir. Telle est l'histoire plus que probable de celui de Lutèce. Bonamy lui assignait pour auteur Constantin[1]. Peut-être eût-il mieux valu dire Constance Chlore qui gouverna la Gaule avec le titre de César puis d'Auguste de 293 à 306 ; et je ne m'étonnerais pas si, de l'examen des antiquités qui ont été trouvées avec les fondations, quelqu'un tirait la preuve qu'il faut remonter jusqu'à Probus, sinon même jusqu'à Aurélien.

Quant à la ruine de cette forteresse, qu'elle ait commencé avant ou après l'établissement du régime barbare, elle était certainement consommée depuis plusieurs siècles lorsque Philippe-Auguste étendit à la rive gauche de Paris le système de fortification déjà appliqué par lui à la rive droite. J'en juge ainsi d'après ce fait que les fondations des murs romains se trouvaient si profondément enfouies qu'elles ne furent pas atteintes par le déblai que motiva la construction de la nouvelle enceinte. Combien d'années n'avait-il pas fallu pour la formation d'une couche de terre si épaisse !

En me reportant à l'ouvrage des ingénieurs du xiiie siècle, je suis frappé d'une chose qui me paraît n'avoir pas été sans rapport avec l'idée qu'on avait d'un château anciennement construit sur le terrain.

1. *Mémoires de l'Académie des inscriptions et belles-lettres,* t. XV, p. 678.

Contre la partie de la muraille située entre les deux portes Saint-Michel et Saint-Jacques (c'est-à-dire la partie qui passait par dessus l'aire du camp romain), tous les anciens plans de Paris, jusques et y compris celui de Gomboust, figurent un gros bâtiment carré, adhérant à l'une des tours de l'enceinte, qui s'avançait très avant dans le fossé[1].

Les idées des modernes sur cet édifice sont fort incertaines, quoiqu'il soit clair comme le jour qu'il nous représente l'ancien *Parloir aux Bourgeois* qui fut au XIIIe siècle le siège de la juridiction exercée par la hanse des marchands de Paris. Un débat soulevé à l'hôtel de ville en 1504, dont nous possédons le procès-verbal, ne laisse pas de doute à cet égard[2].

La nue-propriété de la tour carrée, qui n'avait pas cessé jusque-là de s'appeler le Parloir aux Bourgeois, appartenait à la ville, et les Jacobins en étaient usufruitiers à charge de cens. La longue jouissance ayant habitué ces religieux à se regarder comme les maîtres de cet immeuble, ils voulurent le rendre d'un usage plus commode pour le service de leur maison, en le haussant d'un étage

---

1. Voy. le plan annexé à ce mémoire. Les plans d'Androuet Ducerceau (1555) et de Belleforest (1575) de cet édifice donnent la vue la plus nette. Une restitution conforme, mais sur plus grande échelle, a été introduite par M. Hoffbaüer dans son *Paris à travers les âges.*

2. Le Roux de Lincy, *Hôtel de ville de Paris,* seconde partie, pièce justificative n° 6.

et en le rattachant à leurs autres bâtiments par la
suppression du chemin de ronde qui régnait à
l'intérieur du mur d'enceinte. Pour ce faire, ils
jugèrent n'avoir besoin que de la permission du
roi ; et cette permission leur fut accordée sur
l'avis favorable d'une commission de gens de
guerre qui avait été nommée pour examiner le
cas.

C'est là-dessus que l'orage éclata à l'Hôtel de
ville. A la suite de la discussion la plus vive, le
prévôt des marchands et les échevins furent char-
gés de se rendre au Parlement pour mettre oppo-
sition à l'enregistrement des lettres royales. Il
faut que leur démarche soit demeurée sans succès,
car le chemin de ronde fut supprimé et la tour
mise en communication avec un des corps de logis
du couvent. Elle servit d'infirmerie jusqu'en 1676
qu'elle fut démolie en vertu de l'ordonnance qui
fit disparaître les anciennes fortifications de Paris.

Sauval vit encore cette tour debout, et, qui
plus est, il eut connaissance de la contestation
de 1504 qui est consignée dans l'un des registres
de l'Hôtel de ville[1]. Il ne jugea pas cependant que
l'édifice qui avait fait l'objet du débat sous Louis XII
fût celui qu'il avait sous les yeux. Mêlant à l'inter-
prétation du texte le plus décisif des réminiscences
erronées qui lui restaient d'autres lectures, il en
vint à cette conclusion insoutenable qu'entre la

1. *Histoire et recherches des antiquitez de la ville de Paris,*
t. II, p. 481.

porte Saint-Jacques et Saint-Michel, c'est-à-dire sur une étendue de murs de 200 mètres au plus, outre la tour carrée qui existait de son temps, il avait dû y en avoir une autre qui aurait été démolie depuis 1504, sans laisser trace de l'endroit où elle avait été soudée à l'enceinte.

C'était là une conjecture tant soit peu téméraire. Sauval l'émit avec un ton d'assurance qui fit que tout le monde l'adopta les yeux fermés. Elle a pris place dans la plupart des travaux dont l'histoire ou la topographie parisienne ont depuis lors été l'objet, et par suite on n'a plus su que faire de la tour carrée qui figurait sur les cartes[1]. Berty est le seul qui ne se soit pas laissé imposer par l'autorité du vieil historien de Paris. Il ne lui a pas été donné de discuter la question comme sans doute il se proposait de le faire. Mais son plan de l'Université au moyen âge met son opinion en pleine lumière. Le nom de Parloir aux Bourgeois est gravé sur l'unique tour carrée qui s'appuie au mur de ville derrière les Jacobins.

Pour l'objet que je me propose, ce n'est pas assez d'avoir fixé les idées sur l'emplacement du Parloir aux Bourgeois, il faut chercher à démêler quel rapport eut cet édifice avec le reste de la construction militaire à laquelle il adhérait.

Faisant saillie de 20 mètres[2] sur le mur d'en-

---

1. Ces incertitudes sont résumées par Géraud, qui les partage. *Paris sous Philippe le Bel,* p. 369.

2. C'est la mesure donnée par le plan de Berty. Le procès-

ceinte, garni de contreforts et couvert en terrasse, il était l'équivalent d'un bastion. Mais on ne bastionnait pas les murs de fortifications au treizième siècle. Le système alors en vigueur ne comportait d'ouvrages avancés qu'aux portes et poternes, et les seuls saillants qu'il y eût sur les fronts étaient ceux des tours. Une grosse construction comme celle dont il s'agit, et à la place où nous la trouvons, doit sembler d'autant plus étrange que les tours de l'enceinte de Philippe-Auguste, constamment désignées dans les textes par le nom diminutif de *tournelles*, étaient effectivement du plus petit diamètre.

Il y a là une anomalie dont la seule explication à donner est que la grosse tour carrée et l'enceinte furent deux ouvrages d'époques différentes, qu'un motif étranger aux besoins de la défense avait fait raccorder l'un à l'autre ; et, sans hésitation aucune, on peut dire à qui des deux appartient la priorité. Si imparfaites que soient les figures qui nous sont parvenues du Parloir aux Bourgeois, elles sont la représentation très reconnaissable d'un donjon féodal, dans la forme que ce genre d'édifice affectait sous Louis VII, et qui cessa de lui être donnée vers le temps de l'avènement de Philippe-Auguste. Par conséquent le Parloir doit être antérieur de

verbal de 1504 allégué ci-dessus dit, par approximation, 9 toises qui feraient seulement 17^m541 ; mais Berty s'est aidé des mesures prises par M. Albert Lenoir sur les fondations, quand elles furent mises à découvert.

plus d'un demi-siècle à la muraille méridionale de Paris, laquelle on sait avoir été construite en 1211[1].

Le témoignage des textes s'ajoute à celui de l'archéologie pour autoriser à voir un donjon, un vrai donjon doté de toutes les prérogatives seigneuriales, dans la maison forte du XIIe siècle qui fut le premier palais municipal des Parisiens (du moins le premier que l'on connaisse). Dans le procès-verbal de 1504 mentionné ci-dessus, à la dénomination de Parloir aux Bourgeois est ajouté le titre de fief. Le vieil édifice est appelé « le fief du Parloir aux Bourgeois », et il est défini comme « le propre héritage de la ville, d'où sont mouvans les droits, baux et censives de ladite ville à cause dudit fief. »

A la vérité le fief était tombé à rien à la fin du moyen âge ; mais, grâce à une suite de chartes qui constatent plusieurs de ses démembrements, nous pouvons nous faire une idée, sinon de ses contenances primitives, du moins de ce qu'il lui en restait encore du temps de saint Louis.

Ainsi, du côté du midi, il confinait, avant 1263[2],

1. Guillaume le Breton, dans Duchesne, *Historiæ Francorum Scriptores,* t. V, p. 52.

2. « Confratres magnæ confratriæ parisiensis tenentur reddere confratribus confratriæ Mercatorum parisiensium annuatim septem denarios et obolum parisienses, pro quinque quarteriis vineæ sitis a latere Vallis Viridis. » Le Roux de Lincy, *Recherches sur la grande confrérie Notre-Dame,* pièce 36 (dans les Mémoires des Antiquaires de France, t. XVII).

au domaine de Vauvert (où finit aujourd'hui l'École
des Mines), tandis qu'au nord il embrassait la
totalité du terrain sur lequel s'étendit par la suite
le couvent des Jacobins. Dès le commencement
du XIIIe siècle cette partie était couverte de maisons habitées par des suppôts de l'Université
naissante. On y voyait une chapelle dédiée à saint
Jacques, un hôpital et un édifice appelé la Voûte
Saint-Quentin, à cause d'un doyen de la collégiale
de Saint-Quentin, médecin de Philippe-Auguste,
qui en était propriétaire[1].

Cette voûte, mentionnée dans plusieurs actes
de la même époque, est faite pour donner à réfléchir[2]. Faut-il penser qu'elle ne faisait qu'un avec
la maison du doyen, que l'on trouve désignée
en 1225 par l'expression de *domus turrita*[3]? Je
ne saurais l'affirmer ; mais, dans tous les cas, elle
était propre à servir, sinon d'habitation, du moins

1. Son nom était Jean Barastre, et il était anglais, natif
de Saint-Alban. Duboulai, *Historia universitatis parisiensis*,
III, 92 ; *Gallia Christiana*, IX, col. 1047.

2. « La volte Saint-Quentin o totes ses appartenances. »
Amortissement du mois de février 1281 (v. st.) par Philippe
le Hardi, après la vente que la ville avait faite aux Jacobins
de ses droits de seigneurie sur six propriétés (Archives nationales, S 4229) : transaction dont l'effet resta longtemps ajourné,
car les six propriétés sont déclarées en 1292, dans le Livre
des sentences du Parloir aux Bourgeois, comme des choses
tenues de la ville par les Frères Prêcheurs jusqu'à ce que le
prévôt des marchands et échevins auront acquis ailleurs
l'équivalent en fait de cens et de fonds de terre.

3. « In quadam domo sita, ut dicitur, juxta domum turri-
tam que fuit quondam Johannis, decani quondam Sancti

de lieu de réunion, car on sait que l'abbaye de Saint-Denis l'eut en location pour ceux de ses religieux qui fréquentaient l'Université[1]. Comme on ne voit pas qu'une voûte ait pu faire partie d'aucune des chétives constructions qui répondaient alors aux besoins de la vie civile ou de la vie scolaire, je soupçonnerais celle-ci d'avoir été une ruine romaine. Sa situation à peu près dans l'axe de la rue de Sorbonne m'a fait penser à la porte septentrionale du camp romain qui avait dû épouser la même direction, et je me demande s'il n'y avait pas là le berceau dégradé et transformé en salle d'étude d'un arc de triomphe qui aurait été dressé autrefois aux abords du camp, en regard du palais impérial[2].

Le doyen de Saint-Quentin ayant fait don aux Dominicains, installés par lui dans ce quartier, à la fois de sa maison et de la voûte[3], la ville ne laissa

---

Quintini. » Renonciation en 1240 par Robert de Saint-Quentin à tous ses droits sur cette maison (Archives nationales, S 4229).

1. « Domus sita, ex opposito novi refectorii dictorum fratrum, juxta domum que fuit quondam scolarium Sancti Dyonisii, que vocatur Volta Sancti Quintini. » Concession du prévôt des marchands et des échevins aux religieux Jacobins, 1266 (Archives nat., l. c.).

2. Voyez le plan annexé à ce mémoire.

3. « Quicquid juris habemus vel habere videmur in loco nostro qui de Parisius coram Sancto Stephano, ad manum dextram, inter duas portas proximas in exitu civitatis, sicut vie communes ambiunt, tam in terris quam in edificiis. » Charte de 1221. Archives nat., S 4229.

pas de garder la seigneurie de l'une et de l'autre ; mais, invitée plus tard par le roi Philippe III à laisser amortir, moyennant compensation, toute la partie de son fief que détenaient déjà les mêmes Dominicains depuis la voûte jusqu'à la rue Saint-Jacques, elle en passa par cet arrangement en prenant du temps pour l'accomplir[1]. Dans le siècle suivant elle résigna pareillement, à la demande de Charles V, les droits qui lui restaient sur l'autre partie *intra muros*, depuis la voûte jusqu'à la porte Saint-Michel[2].

Quant aux consistances du fief *extra muros*, du côté de Vauvert, il y a grande apparence qu'elles avaient été aliénées, fonds de terre et seigneurie, dès avant 1200, et cela en faveur de la grande Confrérie aux Bourgeois, institution à laquelle il n'est pas possible que la hanse parisienne n'ait pas contribué par quelque sacrifice. Ce qui est certain, c'est que le principal domaine de cette confrérie, appelé le *Clos aux bourgeois*, compre-

1. Voyez la note ci-dessus, p. 29, note 2.
2. Charte de l'échevinage de Paris (Jean Culdoc étant prévôt des marchands) par laquelle la ville renonce aux cens et crois de cens dus annuellement au Parloir aux Bourgeois « sus un hostel comme il se comporte avec ses appendances et deppendances, assiz à Paris, lès la porte d'Enfer, tenant d'une part aus hostieux et pourpris de religieuses personnes le prieur et convent des Frères Prescheurs de Paris et d'autre part à la dite porte d'Enfer », ladite renonciation consentie « pour obéir au roy nostre sire, qui de ce nous a voulu parler, et pour acomplir sa voulenté, si comme tenuz y sommes. » Le 9 novembre 1365. Archives nationales, S 4229.

nait tout ce qui forme aujourd'hui la partie orientale du jardin du Luxembourg et le pâté de maisons entre les rues Médicis, Vaugirard et Monsieur-le-Prince, naguère des Francs-Bourgeois[1].

En histoire on voit comment les choses ont fini; il est rare qu'on voie comment elles ont commencé. Il n'a été produit jusqu'ici aucun document d'où l'on puisse inférer à quel moment ni à quelle occasion la hanse parisienne fut investie de la seigneurie d'un donjon au midi de la ville; à plus forte raison les textes font-ils défaut quant à l'origine du donjon lui-même. Sur un point comme sur l'autre il n'y a de lumière à tirer que de la conjecture.

Comme le droit de posséder noblement ne fut reconnu aux associations bourgeoises qu'après le triomphe de l'institution communale, il me semble infiniment probable que la tour du Parloir ne fut pas inféodée au corps des marchands avant le déclin du XIIe siècle. Peut-être l'obtinrent-ils par échange de Philippe-Auguste, en retour d'autres propriétés qu'il leur avait fallu céder en 1190, lorsque fut bâtie l'enceinte de la rive droite. Les contemporains en effet ont rendu cet hommage à Philippe-Auguste qui, bien qu'il aurait été autorisé

---

1. Le Roux de Lincy, *Recherches sur la grande confrérie Notre-Dame*, dans le tome XVII des Mémoires des Antiquaires de France. — Berty, *Topographie historique du vieux Paris*, région du bourg Saint-Germain, p. 229 et 292. —Voy. le plan ci-annexé.

par le droit écrit à exproprier purement et simplement ses sujets pour une opération d'utilité publique, condescendit cependant à compter avec eux et leur donna sur son domaine la compensation de ce qu'il leur avait pris[1]. Dans tous les cas, la précaution avec laquelle cette tour fut enclavée dans la muraille du midi prouve que la hanse avait dessus, dès avant 1211, un droit que la puissance royale se crut tenue de respecter.

Pour ce qui est du donjon, il faut sans doute en reporter le premier établissement à l'époque où la propriété n'eut plus nulle part de sécurité qu'à la condition d'être dans la zone d'une place d'armes. Sa proximité de la capitale dut le recommander d'une façon particulière à l'attention des rois, et faire qu'il resta de leur domaine direct tant qu'il eut de l'utilité. Un arbre séculaire que l'on voyait à la porte Saint-Michel en 1299 s'appelait l'*Orme du roi*, et le nom de *Clos du roi* était celui d'un vaste terrain situé entre les deux faubourgs Saint-Michel et Saint-Jacques[2]. N'étaient-ce pas là des indices de l'époque où la tour de ce quartier avait été propriété royale ?

1. « Mira et laudanda justitia, licet de jure scripto posset propter publicum regni commodum in alieno fundo muros erigere et fossata, ipse tamen juri præferens æquitatem, damna sua quæ per hoc homines incurrebant de fisco proprio compensabat. » Guillaume le Breton, l. c.

2. Donation par Jean Arrode, panetier du roi, au couvent de Saint-Jacques de « une porte assise à Paris oultre Petit Pont, laquele est de la partie de l'Ourme qui souloit estre

Me voici arrivé où j'en voulais venir.

Conformément à ce qui fut, on peut dire, l'usage universel lorsque les fiefs se constituèrent, la position choisie pour la forteresse dont devait relever une partie du coteau méridional de Paris fut l'emplacement d'un de ces postes romains si nombreux en Gaule, que la tradition désignait comme d'anciens repaires de Sarrasins ou de traîtres. Le donjon destiné à défendre la terre du roi, entre les deux abbayes fortifiées de Sainte-Geneviève et de Saint-Germain, fut planté sur le sol qui recouvrait les ruines du légendaire château de Hautefeuille. Le nom de Hautefeuille était un nom sinistre. Il fut évité comme appellation d'un donjon royal si voisin du palais qu'il en était presque une dépendance ; mais l'usage populaire conserva ce nom à l'un des chemins qui conduisaient au donjon. La rue Hautefeuille se trouve être ainsi l'une des plus anciennement dénommées de Paris.

Je devrais en rester là. On me permettra d'ajouter encore quelques mots au sujet d'une seconde méprise de Jaillot sur la rue Hautefeuille, qui ne pourrait pas être relevée plus à propos qu'ici.

Le nom de Hautefeuille n'était point autrefois appliqué à cette rue dans toute sa longueur. Elle

dit l'Ourme du roy, et est apelée généraument quant à présent la porte d'Enfer. » Juin 1299. Archives nat., S 4229. — Le Clos du roi est dessiné sur la partie *extra muros* du plan de l'Université par Berty.

le portait seulement à partir de la rue Serpente.
Plus bas, c'était la rue de la Barre.

Jaillot, non content de consigner ce fait qui
avait été déjà établi par Sauval, voulut en donner
l'explication[1]. Il attribua l'origine du nom de la
Barre à un propriétaire ainsi appelé qu'il avait
trouvé inscrit sur les registres terriers de Saint-
Germain au commencement du XVIe siècle. Mais
il avait échappé à ce savant homme que la rue de
la Barre est déjà mentionnée, sous ce nom, dans
le *Dit des rues de Paris*, rédigé au temps de Philippe le Bel.

Il est bien clair d'après cela que le nom ne date
pas du règne de Louis XII, et même qu'il n'était
pas celui d'un homme, car du temps où fut com-
posé le Dit des rues, c'est-à-dire au XIIIe siècle, un
nom de famille ne désignait les personnes qu'autant qu'il était précédé de leur prénom. La dénomination de la Barre se rapportait incontestable-
ment à un de ces barrages ou barrières comme il
y en avait dans toutes les villes du moyen âge et
dont l'existence dans d'autres quartiers de Paris
est attestée par les noms de rue des Barres, rue
Barre-du-Bec, la Barre du Chapitre, etc. L'objet
de ces barrages fut ordinairement de délimiter
les juridictions ; il était aussi d'empêcher à volonté
la circulation devant les résidences princières,
et cela en vertu d'un privilège si respecté que

---

1. Quartier de Saint-André-des-Arts, p. 88.

la barrière, une fois établie, ne pouvait pas être arrachée quand même le maître avait renoncé ostensiblement à en faire usage. On ne reconnaissait qu'au temps le droit de la détruire. Cela explique comment dans des endroits le nom a persisté après que la chose avait entièrement disparu[1].

Je ne saurais dire pour lequel des deux usages avait été originairement établi le barrage qui m'a conduit à cette explication. Il peut avoir marqué l'une des fins de la censive de Saint-Germain des Prés, comme il peut avoir servi de clôture à un passage pratiqué à travers le jardin du palais des Thermes ; car il ne faut pas oublier ce que Fortunat nous apprend de ce jardin qui, de son temps, s'étendait jusque vers l'église Sainte-Croix aujourd'hui de Saint-Germain[2] ; de sorte qu'à moins de faire un long détour, la communication entre le bas et le haut du coteau ne put avoir lieu anciennement qu'en traversant le jardin.

Sans se perdre en suppositions sur des choses qu'il est impossible de savoir aujourd'hui, tenons-nous-en à ce dernier trait qui complète ce que j'avais à dire de la rue Hautefeuille : le jardin du palais des Thermes, soit avant soit après son démembrement, a fourni le terrain sur lequel elle fut frayée.

1. Thiéry, *Almanach du voyageur à Paris* pour 1786, p. 82.
2. *Carmina,* l. VI, c. 8.

Imprimerie Daupeley-Gouverneur, à Nogent-le-Rotrou.